Texto de **Roseana Murray**
Ilustrações de **Sandra Jávera**

1ª edição

ATRÁS
DE CADA
COISA

Para Luis e Gabi, meus netos.

Apresentação

Sou Roseana Murray, poeta. Vivo dentro da
Natureza, sou parte da Natureza.
Quando estou na montanha escuto o bosque
e no mar, a música do oceano.
Tenho muitos livros publicados e muitos prêmios.
Com estes poemas, acho que as crianças
começarão a investigar o que existe atrás
das coisas. E é sempre uma surpresa!

1

Atrás de cada coisa
há outra coisa qualquer.
Atrás da cama há poeira,
atrás do armário há aranha,
atrás da porta há mofo,
atrás da gente há sempre
um sonho em esboço.

2

Atrás do horizonte
ainda é mar
ou existe um país
onde as pessoas
dançam a paz,
os amigos,
o sol, a chuva,
o vento, o luar,
com a música
que o corpo inventa?

3

O que é que existe
atrás de uma fotografia?
Pensamentos, sentimentos,
tristeza ou alegria?
Toda fotografia é muda,
a voz da pessoa se esconde.

4

Vai ver que atrás
de um quadro de flores
existam seus perfumes,
por isso, às vezes,
pela casa,
flutua um aroma feito
de tantas cores.

5

Atrás de uma nota
musical
tem piano, violino,
tambores, saxofones.
Tem até uma orquestra
inteira,
que devagarzinho
se arruma.

Atrás de uma árvore
tem sombra
e a lembrança
da semente que brotou,
até quase alcançar
o céu,
tem gotas de chuva
e sol.

7

Atrás da panela
tem alguém com fome,
atrás da moringa
tem alguém com sede,
atrás de um livro
tem alguém com fome
de aventuras
e sede de céu.

8

Atrás do nosso nome
tem luz,
tem sinos,
campainha,
tem mel?

9

Atrás do olhar da onça
um gato dança,
atrás do lagarto
um dinossauro
se espreguiça,
atrás do bicho preguiça
há sempre sono.

10

Atrás de algumas caixas
de fósforos
enfileiradas no chão,
tem a ideia de um trem.
Vai por aqui e por ali
sobe e desce montanha,
lá de dentro os passageiros
dizem adeus.

11

Atrás da janela
tem praça, rua, cidade, país,
tem gente, borboleta, passarinho,
tem pipa e sol,
e se é noite,
em algum lugar
do céu tem cometa.

12

Atrás de um bebê
tem pai e mãe
e avô e avó
e bisavó e bisavô
e tios e tias
e uma alegria
que se cola em outra,
até o infinito.

13

Atrás da galinha
tem sempre pintinhos,
que ela exibe
feito rainha, enquanto
cacareja e rebola e cisca,
já sonhando
com outros ovos no ninho.

14

Atrás de alguém
há sempre um amigo
com um barquinho
no olhar,
pronto para aventuras.
Em dias de muito vento
o barco sobe e desce,
até a ilha
das coisas impossíveis.

15

Atrás da fruta no pé
tem passarinho,
macaco
e menino,
(laranja, jabuticaba,
banana),
tem cozinheira,
pronta para o bote,
pronta para encher
o pote de doce.
Quem vai pegar,
quem vai?

16

Atrás de um balanço
tem voo,
uma ida até a lua
para buscar pedrinhas,
para marcar o chão,
para brincar de amarelinha.

17

Atrás da roupa na corda
tem lavadeira,
água e sabão,
mas há que dividir
o sol e o vento
em partes iguais,
como se chamassem
as roupas para dançar:
de par em par,
enfeitam a manhã.

18

Atrás dos óculos
tem dois olhos
que buscam beleza
na vida:
pode ser uma flor
miudinha, quase sem cor,
ou um tucano berrante,
uma pedra,
um fio de teia.

19

Atrás da estante
tem objetos perdidos
e ninguém sabe
como foram parar ali:
um pente, uma bolinha
de gato, uma colher torta,
uma figurinha de um álbum
meio rasgado.

20

Atrás do espelho
tem um prego.
Às vezes o espelho balança,
quando se espanta.

21

Atrás da escada
tem alguém segurando
para que não caia.
O menino sobe
até o último degrau,
quer apanhar uma nuvem.

22

Atrás das palavras
tem novelos de outras palavras,
às vezes se visitam,
se juntam, se entendem,
mesmo tão diferentes.

Outras vezes nem se falam.

23

Atrás da escola
tem quintal, jogos,
amigos, correrias,
surpresas.
Melhor são as árvores
onde se podem pendurar
livros
e os canteiros de esconder
segredos.

24

Atrás das estrelas
tem mais estrelas
e melhor
são as cadentes,
pois se pode fazer
um desejo e soprar
na sua luz.

25

Atrás da poeta,
de vez em quando
tem um gato
que ronrona soprando
versos,
tem a sua sombra
em dias de sol,
e se for noite,
a luz da lua
encharcando o caminho
de amor.

26

Atrás de um caminho
miudinho
na floresta, tem bicho
escondido.
Lagarto, caracol, cobra,
cuidado!
Pise de leve, se puder,
voe.

27

Atrás de um chocolate,
tem um desejo,
uma boca lambuzada
até o nariz.
Tem uma criança feliz.

28

Atrás do trovão
tem barulho,
tem raio,
e gente que tem medo
e gente que não tem.
A chuva vem chegando,
traz seus pingos
prateados e musicais,
para saciar a sede da terra.

29

O que será que existe
atrás do arco-íris?
Será uma fila de cores
esperando a sua vez?
O amarelo
é o mais apressado,
ele diz, agora sou eu,
já mergulhei
no pote de ouro,
o que fica lá no fim
do arco-íris...

30

Atrás de um jardim
tem jardineiro,
com preciosas mudas
entre os braços,
adubo, regador.
As suas mãos,
enquanto plantam,
conversam com a terra
baixinho,
as minhocas respondem.

31

Atrás de cada livro
há um leitor viajante.
Viaja sem sair do lugar,
com os olhos
e os pensamentos,
viaja com os sentimentos,
pode ir até o outro lado
do mundo
e quando o livro acaba,
ele suspira.

32

Será que atrás da gente
tem um anjo que canta
sussurrando
para afastar os perigos?
Conhece a nossa alma
de cor e salteado
e de tanto nos proteger,
se cansa,
às vezes cochila.

33

Atrás de cada palavra,
como se fosse
uma sombra,
vive o seu avesso.
O avesso do mar
é a montanha,
o avesso do frio
é calor,
de briga é paz.

Qual será o nosso avesso?

34

Atrás da noite
o dia espera,
com seu cortejo
de galos cantadores,
até que na hora exata,
a luz empurra a escuridão
para o lado de lá do mundo.

35

Mas o que será que existe
atrás da felicidade?
Com certeza vagalumes
que se acendem
para iluminar quem
a gente ama e um raio
de sol pousado
em nossas mãos.

36

Atrás das cigarras
é sempre verão
e por todos os lados.
Há também uma fábula
que fala de alegria
e trabalho, fome e castigo.
Mas as cigarras não leem livros,
só sabem ler o sol,
então cantam e cantam
em clave de si,
ssissississississi...

37

O que existe atrás
de um fogão de lenha?
O calor do fogo.
A sua beleza fica na frente,
as chamas amarelas, alaranjadas, vermelhas,
parecem cobras dançarinas
hipnotizando o nosso olhar.

38

Atrás da pipa tem vento,
senão a pipa não voa.
Tem menino ou menina também,
voam juntos,
vão tão longe que nem tem fim.
A pipa, toda estrela,
dança, rebola,
se exibe, como se o ar
fosse um palco.

39

E atrás da alegria,
o que há?
Há tanta coisa
que nem dá pra contar:
Mãe, pai, amigos, brincadeiras,
bicho de todo jeito,
pulo, cambalhota,
correria, atrás da alegria
tem poesia!

40

Atrás de cada história
tem outra e mais outra
e vão se emendando,
se dando as mãos,
até o começo do mundo.

Atrás da autora

Atrás de mim há sempre um poema à espera, há memórias, imagens, histórias. Atrás de mim há os livros que fabrico no meu moinho de poesia e um outro moinho onde faço pão para perfumar a casa. Atrás de mim tem mar, tem montanha, família e amigos em uma grande ciranda. Dentro de mim há um balaio de sonhos.

Roseana Murray

Atrás da ilustradora

Atrás de mim há sempre papéis, lápis, livros, rabiscos e muitíssimos outros materiais.
Há sempre uma coceira nas mãos e a curiosidade do que se pode fazer com elas.
Atrás de mim tem uma cachorra com a bolinha na boca me pedindo pra brincar.
Do meu lado, pessoas que me fazem olhar para frente, para os lados e para cima.

Sandra Jávera

Texto © **ROSEANA MURRAY**, 2023
Ilustrações © **SANDRA JÁVERA**, 2023
1ª edição, 2023

DIREÇÃO EDITORIAL **Maristela Petrili de Almeida Leite**
COORDENAÇÃO DE EDIÇÃO DE TEXTO **Marília Mendes**
EDIÇÃO DE TEXTO **Ana Caroline Eden**
COORDENAÇÃO DE EDIÇÃO DE ARTE **Camila Fiorenza**
PROJETO GRÁFICO **Sandra Jávera**
ILUSTRAÇÃO DE CAPA E MIOLO **Sandra Jávera**
COORDENAÇÃO DE REVISÃO **Thaís Totino Richter**
REVISÃO **Nair Hitomi Kayo**
COORDENAÇÃO DE *BUREAU* **Everton L. de Oliveira**
PRÉ-IMPRESSÃO **Ricardo Rodrigues, Vitória Sousa**
COORDENAÇÃO DE PRODUÇÃO INDUSTRIAL **Wendell Jim C. Monteiro**
IMPRESSÃO E ACABAMENTO **NB Impressos**
LOTE **781492**
COD **120004555**

Dados Internacionais de Catalogação na Publicação (CIP)
(Câmara Brasileira do Livro, SP, Brasil)

Murray, Roseana
  Atrás de cada coisa / Roseana Murray ; ilustração Sandra Jávera. – São Paulo : Santillana Educação, 2023. – (Girassol ; 1)

ISBN 978-85-527-2721-7

  1. Poesia – Literatura infantojuvenil I. Jávera, Sandra. II. Título. III. Série.

23-162451   CDD-028.5

Índices para catálogo sistemático:
1. Poesia : Literatura infantil   028.5
2. Poesia : Literatura infantojuvenil   028.5

Aline Graziele Benitez – Bibliotecária – CRB-1/3129

Reprodução proibida. Art.184 do Código Penal e Lei 9.610 de 19 de fevereiro de 1998.

Todos os direitos reservados

EDITORA MODERNA LTDA.
Rua Padre Adelino, 758 – Quarta Parada
São Paulo – SP – Brasil – CEP 03303-904
Vendas e Atendimento: Tel. (11) 2790-1300
www.moderna.com.br

2023
Impresso no Brasil

LEITURA EM FAMÍLIA
Dicas para ler
com as crianças!

http://mod.lk/leituraf